I0621082

|انتشارات انار|

بازگشت افتخارآمیز مردان جنگی

شهرام احمدزاده

از نمایشنامه‌های ایران – ۸

به خنیاگری نغز آورد روی   که: چیزی که دل خوش کند، آن بگوی

بازگشت افتخارآمیز مردان جنگی (برداشت آزاد از نمایشنامه «بیرون پشت در» نوشته ولفگانگ برشرت)
از نمایشنامه‌های ایران - ۸
نویسنده: شهرام احمدزاده
دبیر بخش «از نمایشنامه‌های ایران»: مهسا دهقانی‌پور
ویراستار: مهسا دهقانی‌پور
مدیر هنری و طراح گرافیک: عبدالرضا طبیبیان
چاپ اول: زمستان ۱۳۹۹، مونترال، کانادا
شابک: ۵-۰۳-۹۹۰۱۵۷-۱-۹۷۸
مشخصات ظاهری کتاب: ۴۶ برگ
قیمت: ۶ £ - € ۷ - CAN $ ۱۰٫۵ - US $ ۸

انتشارات انار

نشانی: 746A, Plymouth Av., Montreal, QC, Canada
کدپستی: H4P 1B1
ایمیل: pomegranatepublication@gmail.com
اینستاگرام: pomegranatepublication

پیشکش به
همسر نازنینم و پسرم که همه جهان من است

آدم‌های نمایش:

صدا

بکمان

سرباز

زن

مرد

سرهنگ

دختر

گورکن

مرگ

کشیش

خانم کرامر

بودیت

مرد یک پا

مرد سیرک دار

پدر بکمان

البه

(صحنه یک خیابان است. خیابانی که آثار جنگ در آن مشهود است. خانه‌هایی ویران با درهایی به رنگ‌های متفاوت و پنجره‌هایی شکسته.)

صدا: پاهات درد می‌گیره. یه کم آرومتر. این جاده طولانیه. البته باید بگم فقط یه پات درد می‌گیره، اون یکی آهنه. بکمان این‌همه عجله تو رو نمی‌فهمم.

(بکمان لنگ‌لنگان و آشفته با وسایل جنگی خراب شده و بد ریخت می‌آید.)

بکمان: هزار و نهصد و چهل و چهار، هزار و نهصد و چهل و پنج. نگاه کن رسیدیم. هامبورگ. شهر من. از وقتی که وارد آلمان شدیم هزار و نهصد و چهل و پنج قدم راه اومدیم. باورم نمی‌شه. این شهر منه؟

سرباز: کجا؟

بکمان: خونه‌ام.

سرباز: خونه‌ات؟ اهل کجایی؟ کی هستی؟

بکمان: بکمان هستم. اهل هامبورگ. خیابان چهل و دوم.

سرباز: بکمان؟

بکمان: اون جورکه تو اسمم رو گفتی، انگار به میز بگی میز. بکمان... بکمان. نه میز.

سرباز: تو از کجا می‌آیی؟

بکمان: از استالینگراد. من اسیر بودم.

سرباز: چرا برگشتی؟

بکمان: اینجا خونه منه.

سرباز: این لباس‌ها چیه تنت کردی؟

بکمان: من سرباز بودم. من از جنگ برگشتم.

سرباز: جنگ؟ الان ۳ ساله جنگ تموم شده. تو کجا بودی؟

بکمان: من تو جبهه شمالی می‌جنگیدم. بعد اسیر شدم. الان هم آزاد شدم.

سرباز: با این لباس‌ها نمی‌تونی بری داخل شهر.

بکمان: چرا؟

سرباز: برای اینکه تو دوباره جنگ رو به یاد مردم می‌آری. مردم از جنگ نفرت دارند. اونها سعی می‌کنند که فراموشش کنند. اون وقت تو با این لباسها می‌خوای بری داخل شهر.
بکمان: من لباس دیگه‌ای ندارم. تنها لباس من همینه.
سرباز: پس بیرون پشت در بایست. نمی‌تونی بیای داخل.
(صدای بسته شدن در.)
بکمان: نه. نه. در رو نبند من باید برگردم خونه‌ام.
صدا: بکمان نا امید نشو. بزن. محکم به در بزن.
بکمان: من سرجوخه بکمان هستم.

(زنی بسیار زیبا با لباس خواب در را باز می‌کند.)

زن: اون‌جورکه تو محکم به در می‌زنی در الآن از جاش در می‌آد.
بکمان: بهتر. من هم این رو می‌خوام. این در شکسته بشه.
زن: ولی به قیافه‌ات نمی‌آد که پول خسارت در رو بتونی بدی.
بکمان: به شما چه مربوطه. من جواب‌گو هستم.
زن: آخه این در خونه منه.
بکمان: خونه تو؟... اگنس تویی؟ چقدر عوض شدی.
زن: ولی من شما رو نمی‌شناسم.
بکمان: منم بکمان. شوهرت. نگاه کن. خودمم.
زن: بکمان. بکمان.
بکمان: اون‌جورکه تو اسمم رو گفتی، انگارکه به میز بگی میز. بکمان. میز. بکمان.
زن: ولی تو که مرده بودی؟
بکمان: اشتباه کردن. اگنس من زنده هستم.

زن: پس این عینک مسخره چیه؟

بکمان: عینک خودم تو جنگ از بین رفت. این عینک ماسک گازه. با این می‌تونم دنیا رو ببینم.

زن: حالا چی کار داری؟

بکمان: می‌خوام بیام خونه‌ام.

زن: خونه‌ات؟

صدای مرد: اگنس چرا نمی‌آیی؟

زن: صبر کن.

بکمان: اون کیه؟

زن: تو کی هستی؟

بکمان: من سرجوخه بکمان هستم.

مرد: بکمان تویی؟

بکمان: آره بکمان من هستم. بکمان. اسمم رو این‌جوری باید بگی. اما می‌تونی الآن هم بکمان بگی. انگار میز رو می‌گی. بکمان.

زن: اما من مطمئن نیستم تو بکمان باشی.

مرد: ولی خود بکمانه اگنس. اون عکسی که به من نشون دادی. شبیه خودشه.

بکمان: این شلوار... این پیراهن مال منه. اگنس چرا دادی این یارو بپوشه.

مرد: یارو نه. سرجوخه بائر.

زن: لباس نداشت. من خودم خواستم اون لباس‌ها رو در بیاره. لباس‌هاش شبیه تو بود.

بکمان: ولی لباس‌های منه.

زن: واقعاً بکمان خودتی؟

مرد: من رفتم بخوابم.

بکمان: تو روی تختی که من می‌خوابیدم، می‌خوابی؟

زن: برای خواب باید روی تخت بخوابه. کجا داری می‌آیی؟

بکمان: خونه‌ام.

زن: خونه تو نیست. تو بیرون پشت در می‌مونی. اینجا جای تو نیست.

مرد: متأسفم مرد. اون تخت مال منه.

بکمان: اما من از سیبری به خاطر تو برگشتم. من هزار و نهصد و چهل و پنج قدم شمردم به خاطر تو به هامبورگ رسیدم.

زن: ولی تو مردی.

بکمان: اما من زنده‌ام. بکمان.

زن: متأسفم. (در را روی بکمان می‌بندد.)

بکمان: اگنس در رو باز کن. من بکمان هستم. من زنده‌ام. حق من این نیست که بیرون پشت در بمونم.

صدا: بکمان در بزن. محکم در بزن.

بکمان: این در رو باز کن.

سرباز: (با لباس جنگی و چهره‌ای که در جنگ سیاه شده است.) سرجوخه بکمان؟

بکمان: بله

سرباز: این نامه محرمانه سرهنگ به شماست. لطفاً بعد از خوندن نامه اون رو از بین ببرید.

بکمان: تو کی هستی؟

سرباز: من سرباز هانریش از یگان پیاده نظام هستم.

بکمان: صبر کن. کجا می‌ری؟ وایسا.

(سرهنگ وارد می‌شود. او چاق و خوش پوش است.)

سرهنگ: سرجوخه بکمان.

بکمان: بله قربان.

سرهنگ: تو هنوز اینجایی؟ مگه نامه‌ی من به تو نرسیده؟

بکمان: رسیده قربان.

سرهنگ: پس چرا نخوندی؟ این رو تو پرونده‌ات ثبت می‌کنم. یک تنبیه. تمرد از فرمان. حالا گوش کن. این بیست نفر سرباز رو بردار و حرکت کن. از شرق جنگل گردک شروع به بازرسی کنید. اگه شد چند تا اسیر بگیرید. حرکت کن.

بکمان: اما قربان من نمی‌تونم مسئولیت قبول کنم.

سرهنگ: سرجوخه بکمان. اما الآن در مرحله حساس جنگ هستیم. الآن وطن چشم امیدش به ماست. رایش به امید ما است که برای آلمان قهرمان نازی می‌تونه برنامه ریزی کنه. دلت می‌خواد به عنوان خائن در دادگاه نظامی محکوم بشی. این حرفت رو نشنیدم. پس تمرد حساب نمی‌کنم. پس زود حرکت کن. مسئولیت اینجا با منه. آلمان و خلق قهرمان آلمان از همه چیز مهم‌تره. ما اگه بتونیم یکی از اهداف رایش رو به انجام برسونیم در پیشگاه آلمان و ملت آلمان رستگار هستیم. سرجوخه بکمان حرکت کن. آلمان به مثل تو قهرمان نیاز داره.

بکمان: اما قربان ما گرسنه هستیم. از سرما نمی‌تونیم کاری انجام بدیم.

سرهنگ: سرجوخه بکمان، یه سرباز هیچ‌وقت تسلیم این چیزهای احمقانه نمی‌شه.

بکمان: قربان من با دیدن این همه استقامت و شهامت شما

از خودم خجالت می‌کشم.

سرهنگ: خجالت نکش سرجوخه. من هم گرسنه هستم. این سرما من رو هم اذیت می‌کنه، اما وقتی به رایش و آلمان فکر می‌کنم، همه اینها یادم می‌ره.

بکمان: سرباز همه رو به خط کن. تلفن‌چی این داخل هستی. در رو باز کن. باید حرکت کنیم. تلفن‌چی در رو باز کن.

(دختری جوان و زیبا با لباس خواب در را باز می‌کند.)

دختر: تلفن‌چی؟ شما مطمئن هستید حالتون خوبه؟

بکمان: بله. من... شما کی هستید؟

دختر: من بودیت هستم. اینجا خونه منه.

بکمان: من سرجوخه بکمان هستم... اینجا استالینگراده؟

دختر: هامبورگ، سه ساله جنگ تموم شده.

بکمان: من اسیر شده بودم. تازه اومدم.

دختر: شما کدوم جبهه بودید؟

بکمان: من تو جبهه شمال بودم. استالینگراد. بعد هم اسیر شدم بردنم سیبری برای کار اجباری.

دختر: اینجا چی کار می‌کنید؟

بکمان: اینجا خونه منه. اومدم زنم رو ببینم.

دختر: اما اینجا خونه منه. بودیت. من زن شما نیستم.

بکمان: اما اینجا خونه منه. مطمئن هستم.

دختر: باشه. من در رو باز می‌کنم تا شما داخل خونه رو ببینید.

(در باز می‌شود. سرهنگ چاق بیرون می‌آید.)

سرهنگ: سرجوخه بکمان، برای چی موقع غذا خوردن من مزاحم می‌شی.

بکمان: قربان من مزاحم نشدم. اون دختر...

سرهنگ: کدوم دختر سرجوخه. حالت خوبه؟ اسیر گرفتی؟

بکمان: نه قربان. ما... من با بیست نفر رفتم. اما یازده نفر اینجا هستند.

سرهنگ: مهم نیست بکمان. اونها در راه وطن‌شون کشته شدن.

بکمان: اما قربان مسئولیت اونها با من بود.

سرهنگ: بکمان الآن حوصله چس ناله‌های یه آدم وجدان‌درد گرفته رو ندارم. دارم خاویار می‌خورم.

بکمان: قربان شما غذا می‌خورید؟

سرهنگ: بله. من باید غذا بخورم تا بتونم اهداف رایش رو درست به سرانجام برسونم.

بکمان: من گرسنه هستم. نُه نفر از افراد من کشته شدن.

سرهنگ: سرباز بیا این دیوونه رو از اینجا ببر.

مرد: سرجوخه بکمان.

بکمان: ولم کن.

مرد: من متأسفم. من هم مثل شما یه سرباز بودم. نمی‌خواستم این جوری بشه.

بکمان: تو...

مرد: اگنس گفت که شما مُردید. اون گفت که من می‌تونم...

بکمان: اون تخت مال منه. اون بالشت مال منه. اون لباسی که تنت هست مال منه. اون زن که باهاش... چند وقته که اونجا هستی؟

مرد: یک ساله.

بکمان: تو مگه زن نداری؟

مرد: وقتی از جنگ برگشتم، رفتم در خونه خودم. یه مرد اونجا بود. روی تخت من می‌خوابید. اون هم نمی‌دونست چرا اونجاست.

بکمان: منو شناخت؟

(مرد شانه‌هایش را بالا می‌اندازد. مرد داخل خانه می‌شود.)

بکمان: حقیقت اینه که جنگ برای من سوغات آورده. بیرون پشت در.

صدا: کجا میری؟

بکمان: می‌خوام برم جایی که هیچ دری نباشه. برم جایی که هیچ‌وقت پشت در نمونم. رودخونه البی پشت اون خیابون بود.

صدا: اشتباه نکن.

گورکن: کجا آقا؟

بکمان: می‌خوام برم داخل رودخونه.

گورکن: برای چی؟

بکمان: شما؟

گورکن: مسئول رودخونه.

بکمان: می‌خوام برم بمیرم.

گورکن: الآن که نمی‌شه. برو دوازده شب بیا.

بکمان: ولی من الآن می‌خوام خودم رو بکشم.

گورکن: نمی‌شه. هنوز اونهایی که دیشب خودکشی کردن، از

رودخونه در نیاوردم.

بکمان: مگه رودخونه مرده‌ها رو نمی‌بره؟

گورکن: مثل قدیم نیست که هر سال یه دونه خودکشی می‌کردن. الآن روزی هزار نفر می‌خوان خودکشی کنن.

بکمان: روزی هزار نفر؟

گورکن: همه اونهایی که از جنگ اومدن. اونها وقتی برگشتن طاقت چیزهای جدید رو نداشتن.

بکمان: بذار من ازاین در رد بشم.

گورکن: نه. بیرون پشت در بمون.

(در بسته می‌شود.)

بکمان: حتی مرگ هم منو نمی‌خواد.

مرگ: آخه تو آدم بی‌مسئولیتی هستی.

بکمان: شما؟

مرگ: مرگ هستم.

بکمان: چه خوب . من می‌خوام بمیرم.

مرگ: چرا؟

بکمان: برای اینکه دیگه چیزی نیست که به خاطرش زنده بمونم.

مرگ: (مرگ با دست گلوی بکمان را می‌فشارد.) زندگی اون چیزی نیست که تو دیدی. زندگی چیزیه که راجع بهش فکر می‌کنی. تو از پشت اون عینک مسخره‌ات داری دنبال من می‌گردی؟ تو فکر کردی که من این‌قدر پست شدم به خاطر تو علیل دیوونه، مسخره بشم. تو راجع به من چی فکر کردی؟

مـن مرگـم. اون‌قـدر هنـوز بی‌ارزش نشـدم کـه تو بخواهـی منـو بذاری سرکار.

(نور می‌رود و نور می‌آید.)

بکمان: (به شدت سرفه می‌کند.) اما مـن نمی‌خـوام زنـده باشـم. مـن نمی‌خـوام نفـس بکشـم. مـن دیگـه نمی‌خـوام تو ایـن جامعـه زندگی کنـم.

کشیش: فرزند این جور حرف نزن. کفرگفتـن به خـدای بزرگ، گناه محسـوب می‌شـه.

بکمان: شما؟

کشیش: تو این وقت شب درکلیسا رو کوبیدی؟ چه کار داشتی فرزند؟

بکمان: اینجا کلیساسـت؟

کشیش: بله فرزند.

بکمان: پدر گرسنه هسـتم، خسـته هسـتم.

کشیش: (سکوت می‌کند.)

بکمان: پدر اجازه بده بیام داخـل کلیسـا. تکـه‌ای نان بده به من .

کشیش: فرزندم توبه کن.

بکمان: پدر من گرسـنه هسـتم. من خسـته هسـتم. از روزی کـه به ایـن شـهر اومـدم همـه‌ی درهـا بسـته اسـت. هـزار و نهصـد و چهـل و پنج قدم راه اومدم. اما درها بسـته اسـت.

کشیش: فرزندم تو گمراهی، توبه کن. به خدا اعتقاد داری؟

بکمان: اگر بگم دارم، نان می‌دهی؟

کشیش: تو به خدا اعتقاد داری؟

بکمان: بله پدر من به خدا اعتقاد دارم. گرسنه هستم.

کشیش: آیا اعتقاد قلبی داری؟

بکمان: بله پدر من اعتقاد قلبی دارم. خسته‌ام پدر بذار بیام داخل کلیسا.

کشیش: نمی‌شه.

بکمان: چرا پدر؟

کشیش: اینجا خانه خداست. تو هنوز ثابت نکردی که به خدا اعتقاد داری.

بکمان: من به خدا و عیسی مسیح اعتقاد دارم. پدر حالا می‌تونم بیام داخل کلیسا؟

کشیش: چرا این‌قدر کثیف هستی؟

بکمان: من جنگ رفته بودم.

کشیش: این عینک مسخره چیه زدی به صورتت؟

بکمان: این عینک، ماسک گازه پدر، حالا بیام داخل؟

کشیش: آیا تو کسی رو کشتی؟

بکمان: خیر.

کشیش: تو جنگ رفته باشی و اون وقت کسی رو نکشته باشی. دروغ نگو فرزند.

بکمان: پدر چرا این سؤال‌ها رو می‌پرسی؟

کشیش: فرزند من به تو شک دارم.

بکمان: به چی من شک داری؟

کشیش: راستش اینکه تو قلباً به خدا اعتقاد داری یا نه؟ من شک دارم.

بکمان: پدر شما به خدا اعتقاد داری؟

کشیش: من به خدا و سرورمون مسیح اعتقاد دارم. من ناشر دین خدا هستم. من نماینده خدا هستم.

بکمان: پدر شما با خدا رابطه دارید؟

کشیش: راستش فرزند من از طرف خدا نیرویی دارم که این رمه‌های رسول‌مان مسیح رو می‌توانم بشناسم.

بکمان: یعنی شما می‌تونید تشخیص بدید کدام رمه گناه کار است و کدام با ایمان؟

کشیش: بله فرزندم.

بکمان: پدر اهل آن خانه رو می‌شناسید؟

کشیش: بله. خانم اگنس و شوهرش.

بکمان: شوهرش رو می‌شناسید؟

کشیش: بله آقای بائر هستن.

بکمان: شما مطمئنید آقای بائر شوهرشه؟

کشیش: بله. اتفاقاً هر دو اونها هر یکشنبه به کلیسا می‌آن. هر یکشنبه پولی به صندوق اعانات می‌ریزند.

بکمان: حیف پدر که من پولی ندارم تا در صندوق اعانات شما بریزم.

کشیش: فقط پول نیست.خانم اگنس هر روز برای اعتراف به گناه پیش من می‌آد.

بکمان: پدر پس آدمهای با ایمانی هستن. شما مطمئنید با نیرویی که خدا داده است آنها را گناه کار تشخیص نمی‌دهید؟

کشیش: بله.

بکمان: پدر شما مطمئنید اونها زن و شوهر هستن؟

کشیش: بله.

بکمان: با اون نیروی خدا؟

کشیش: بله. من با اون نیروی خدا تشخیص می‌دم اونها آدم‌های با ایمانی هستن.

بکمان: متأسفم پدر. شوهر اگنس منم. اونها زن و شوهر نیستن. اونها زناکار هستن.

کشیش: غیر ممکنه. من اشتباه نمی‌کنم.

بکمان: باشه پدر. من الآن در می‌زنم.

(بکمان در خانه را می‌زند.)

مرگ: چیه؟

بکمان: من فکر کنم اشتباه در زدم.

مرگ: بکمان. سرجوخه بکمان چرا نمی‌ری درهای دیگه رو امتحان کنی؟

بکمان: گفتم من نمی‌خواستم این در رو بزنم.

مرگ: بکمان! بکمان! بکمان!

بکمان: من می‌خواستم به اون پدر بگم که اشتباه می‌کنه. بگم من با ایمان هستم.

مرگ: کدوم در؟ کدوم پدر؟

بکمان: من کجا هستم؟ ا ونجا بود کلیسا.

مرگ: اون در رو می‌گی؟

بکمان: آره. خودشه.

(بکمان در می‌زند.)

خانم کرامر: بله؟

بکمان: من با پدر کار داشتم.

خانم کرامر: پدرم مرده.

بکمان: معذرت می‌خوام با کشیش کار داشتم.

خانم کرامر: اشتباه اومدید آقا. (خانم کرامر در را می‌بندد.)

بکمان: نبندید. خواهش می‌کنم.

خانم کرامر: بله؟

بکمان: اینجا خانه پدری منه.

خانم کرامر: شما؟

بکمان: سرجوخه بکمان. اینجا خونه پدر من هست. من اینجا به دنیا اومدم.

خانم کرامر: گفتید اسمتون بکمانه؟

بکمان: بله.

خانم کرامر: باورم نمی‌شه. آقا دوران سیاه اون مردتیکه رایش تموم شده. الآن دیگه ما تو آلمان آزاد زندگی می‌کنیم. الان ما جنبش خلقی‌ها بهترین مردمان آلمان هستیم. خجالت نمی‌کشی تو نازی بی‌شرف دوباره اومدی به من بیچاره تعرض کنی. های مردم بیایید. کمک.

بکمان: خانم داد و بیداد نکن. من فقط سئوال دارم.

خانم کرامر: سؤال داری؟ بپرس. پس چرا می‌خوای خونه من رو از من بگیری؟

بکمان: من فقط سؤال کردم. اون خانم و آقایی که قبلاً اینجا زندگی می‌کردن کجان؟

خانم کرامر: تو کی هستی؟

بکمان: من پسرشون هستم.

خانم کرامر: آهای مردم کمک. اون مردتیکه پسرشو فرستاده

تا ما رو اذیت کنه.

بکمان: خانم خواهش می‌کنم. من فقط سؤال کردم. من کاری به شما ندارم.

خانم کرامر: پس چی؟ از من چی می‌خواهی؟

بکمان: فقط به من بگید کجا هستن؟

خانم کرامر: کی؟

بکمان: اون کسایی که اینجا زندگی می‌کردن؟

خانم کرامر: کلیسای ناحیه پنج تو اولزدروف.

بکمان: کجا؟ اولزدروف کجاست؟

خانم کرامر: اولزدروف یه گورستانه. نزدیک فولزبوتله.

بکمان: چرا؟ چرا اونها اونجا هستن؟

خانم کرامر: اون مردتیکه نازی، حقش همین بود که بره قبرستون. اون تا پایان جنگ صد نفر از جنبش خلق رو کشت. اون هر دفعه هامبورگ رو بمباران می‌کردن به جنبش خلقی‌ها فحش می‌داد. نگاه کن من چقدر لاغر و ضعیف هستم.

بکمان: ولی شما از من هم چاقتر هستید.

خانم کرامر: پس تو هم یه نازی فاشیست هستی. وقتی این یه پَر گوشت رو، رو بدن من می‌بینی می‌گی چاق هستم، تو هم فاشیستی.

بکمان: ولی معلومه که شما رنج نکشیدید. اون که رنج کشیده منم. پام رو از دست دادم. هزار روز تو سیبری کار کردم. رنج کشیدم. این دستهای منه. نگاه کنید. رفتم در خونه‌ام می‌بینم زنم... شما می‌فهمید. شما رنج نکشیدید. اینجا خونه پدر منه.

(خانم کرامر در را می‌بندد.)

بکمان: بازکن در رو. اینجا خونه پدر منه.

بودیت: سرجوخه بکمان باز هم اشتباه اومدی.

بکمان: برو به مادرت بگو بیاد جلو در.

بودیت: متأسفم مادرم خیلی وقته مرده.

بکمان: شما به نظر من آشنا هستید.

بودیت: نشناختید. بودیت هستم. قبلاً هم در خونه من رو با خونه خودتون اشتباه گرفته بودید.

بکمان: ولی اینجا خونه پدر منه. اون پلاک برنجی... پلاک کجاست؟

بودیت: اینجا خونه منه. تا جایی که من یادم می‌آد هیچ وقت پلاک برنجی جلوی در خونه‌ام نصب نکردم.

بکمان: من خسته شدم. این چه بازی که با من داره می‌شه.

مرگ: خودت خواستی. مگه نمی‌خوای بمیری؟

بکمان: تو که کاری انجام ندادی.

بودیت: تو بمون بکمان. من همه کاری انجام می‌دم. اول این لباسهاتو در بیار، لباسهای شوهرم هست. تنت می‌شه. البته شاید یه کم گشاد باشه. شوهرم مرده. تو جنگ مرده. اما تو می‌تونی...

بکمان: من می‌تونم چی؟

مرگ: تصمیم بگیر، غرغر نکن.

بودیت: چقدر بهت می‌آد. بکمان بیرون پشت در نیستی. چرا ایستادی؟ بیا اینجا. بیا اینجا روی تخت بخواب.

مرگ: برو دیگه. فقط زر زدن رو یاد گرفتی؟ هزار روز تو سیبری

بودی اما الآن برو روی اون تخت بخواب. اون منتظره توئه.

بکمان: من بلد نیستم روی تخت بخوابم. من یا نشسته خوابیدم یا روی سنگ و زمین خوابیدم. من نمی‌تونم روی تخت بخوابم. خیلی نرمه.

صدا: بکمان این کار رو نکن. تو خودت ناراحت بودی که یکی دیگه روی تخت تو خوابیده بود.

سرهنگ: وجدان داری؟ تو وجدان داری؟

بودیت: بکمان راحت باش. نترس عادت می‌کنی.

مرگ: دیدی تو هم بیخودی حرف می‌زنی. دیگه منو صدا نکن.

(کسی بر در می‌زند.)

بودیت: نترس. از این ولگردهای خیابونی.

صدای مرد: بودیت منم. هاینریش. برگشتم.

بودیت: ولی تو هاینریش نیستی. تو مرده‌ای.

صدای مرد: اما خودمم.

بکمان: بودیت کیه؟

صدای مرد: اون تو کیه؟

بودیت: به تو چه؟

(مرد وارد می‌شود.)

مرد یک پا: تو اینجا چی کار می‌کنی؟ اون پیراهن مال منه. اون شلوار منه. بودیت چرا لباسهای منو دادی این یارو بپوشه؟

بکمان: یارو چیه؟ سرجوخه بکمان.

مرد یک پا: اون تخت منه. اون زنه منه. تو اصلاً می‌دونی چرا اونجا هستی؟

(مرد عصبانی می‌شود. در را باز می‌کند و می‌رود. بکمان لباسهایش را در می‌آورد. همان لباس خود را می‌پوشد. بکمان در را باز می‌کند. صدای دست زدن و سوت و شادی، نور مستقیم روی بکمان می‌افتد.)

مرد سیرک‌دار: خب خانمها و آقایان این هم شاهکار سیرک ما، مردی با نیروی فوق‌العاده.

(بکمان مانده است و نمی‌داند چه کار کند. صدای شلاق می‌آید.)

مرد سیرک‌دار: حرکت کن.

(بکمان کمی در جای خود جابه جا می‌شود.)

بکمان: من بکمانم. بکمان. هزار روز تو سیبری بودم. اسیر شدم. من تو جنگ بودم.

(تک نور می‌رود . نور عمومی می‌شود.)

مرد سیرک‌دار: پس تو چی بلدی؟

بکمان: من... من...

مرد سیرک‌دار: مردم می‌آن اینجا که پول بدن، بخندن، تفریح کنن.

بکمان: من کاری بلد نیستم.

مرد سیرک‌دار: پس برای چی اومدی اینجا؟

بکمان: اومدم کارکنم.

مرد سیرک‌دار: خب چی بلدی؟ تو جنگ چی یاد گرفتی؟

بکمان: من فکرکردم با این عینک، شکل مسخره‌ای گرفتم. مردم می‌آن اینجا به من می‌خندن. من فکرکردم وقتی یک پا ندارم مردم به من می‌خندن. من فکرکردم وقتی از داستان خودم بگم مردم می‌خندن. من فکر کردم وقتی که بیست سرباز رو با خودم بردم و نُه نفرشون رو به کشتن دادم مردم می‌خندن. من فکر کردم وقتی از سرهنگ‌مون که پنهانی خاویار می‌خورد، وقتی که همه ما در روسیه گرسنه بودیم و داشتیم می‌مردیم بگم مردم می‌خندن. من فکرکردم وقتی من و خیلی سربازها تو روسیه داشتیم به خاطر جاه‌طلبی رایش کشته می‌شدیم بگم مردم می‌خندن.

مرد سیرک‌دار: تو می‌دونی به درد چی می‌خوری؟ به درد لای جرز می‌خوری. برو بیرون پشت در.

(بکمان در را باز می‌کند.)

پدر بکمان: پسر ترسو نباش. ما وظیفه ملی و مذهبی‌مون ایجاب می‌کنه که به جنگ بریم. درود به پدر آلمان. درود. هموطن‌های من. امروز آلمان قهرمان یکه تاز دنیا شده است.

بکمان: پدر از اون سکو بیا پایین.

پدر بکمان: خفه شو پسر ترسو. تو الآن باید تو جبهه باشی. تو چطور روت می‌شه بیایی اینجا؟ اگه همین الآن لباس رزم نپوشی باید از این خونه بری بیرون.

بکمان: پدر نگاه کن من لباس رزم تنم کردم.

پدر بکمان: آفرین. تو باعث افتخار منی.

بکمان: اما پدر جنگ برنده نداره.

پدر بکمان: خفه‌شو. ما زیر سایه رایش قهرمان جهان هستیم. ما این یهودی‌های کثافت، نزول‌خواران بی‌شرف رو از بین می‌بریم. سرهنگ این پسر من، تقدیم به راه پر افتخار آلمان. پسرم رو تقدیم ارتش پر افتخار آلمان می‌کنم. بیا ببرش. اسمش بکمانه.

سرهنگ: بکمان! بکمان!

بکمان: بله جناب سرهنگ.

سرهنگ: باورم نمی‌شه تو زنده‌ای؟

بکمان: بله سرهنگ. من زنده‌ام.

سرهنگ: من دیگه سرهنگ نیستم. جنگ تموم شده. من بازنشسته شدم.

بکمان: بله. بله. تموم شده. جنگ تموم شده. اما برای من تموم نشده.

سرهنگ: معلومه که تموم نشده. چون هنوز اون لباسهای احمقانه رو از تنت در نیاوردی. اون عینک مسخره گاز هم روی چشمت هنوز هست.

بکمان: جنگ تموم شده. اما من بدون این عینک همه‌جا رو تار می‌بینم. من فقط همین یک دست لباس رو دارم. حقیقت

اینه که...

سرهنگ: حقیقت وجود نداره. پسرجان. حقیقت یه حباب بیشتر نیست که بعد از چند ثانیه می‌ترکه.

بکمان: راست می‌گید. ما به زور وارد روسیه شدیم. به زور استالینگراد رو گرفتیم. سه سال به زور من اسیر شدم. ما گرسنه بودیم و شما خاویار می‌خوردید. ما جنگ کردیم. شما جنگ رو راه انداختید. حقیقت وجود نداره. حقیقت حبابه که سرهنگ خاویار می‌خورد و ما شن‌های استپ رو می‌خوردیم.

سرهنگ: حالا از جون من چی می‌خوای؟

بکمان: مسئولیت. مسئولیت همه اون سربازهایی که کشته شدن. مسئولیت.

سرهنگ: تو باید افسر می‌شدی؟ چرا نشدی؟

بکمان: چون ساکت بودم. چون احمق بودم. چون یه سرباز بی‌شعور بودم که مسئولیت بیست نفر رو قبول کردم. اما اول نُه نفرشون کشته شدن و بعد پنج نفرشون و بعد چهار نفرشون و بعد دو نفرشون کشته شدن. من افسر نشدم چون مسئولیت پذیر نبودم. حالا می‌خوام این بار رو از دوش بردارم. مسئولیت همه سربازها رو.

سرهنگ: تو دیوونه شدی. من مسئولیت کی رو باید قبول کنم.

بکمان: مسئولیت کی رو؟ مسئولیت اون رو. اون. اون .اون.

سرهنگ: ولی اینجا کسی نیست.

بکمان: تو این شبها که مرده‌ها راه افتادن، ماه سفید و مریض احواله مثل شکم زن حامله‌س که تو آب یه نهر غرق شده باشه. الآن جمع شدن. شمارش کنید... خبر

مرگ‌شون. شمارش نمی‌کنن. اما ناله‌های وحشتناک مثل گربه زخمی‌شون رو نمی‌شنوید؟ نه قربان نعره می‌زنن. بکمان! سرجوخه بکمان! یه ریز صدا می‌زنن سرجوخه بکمان! نمی‌شنوید؟ نعره‌ها اوج می‌گیره. غریو نعره‌ها به خشونت فریاد خدایان، نعره می‌زنن. مسئولیت رو پس آوردم. مسئولیت. یه کمی فراموشش کردین قربان؟ چهارده فوریه رو می‌گم. یادتون اومد؟ نزدیک گردک. هوا چهل و دو درجه زیر صفر بود. اومدین سرپست ما. فریاد زدین.

سرهنگ: سرجوخه بکمان!

بکمان: من فریاد کشیدم بله قربان. بعد شما حرف زدین و نفس‌تون به شکل یخ رو یقه خزتون موند. هنوز دقیقاً یادمه. آخه یقه خزدار خیلی شیک داشتین. گفتین...

سرهنگ: سرجوخه بکمان، مسوولیت این بیست نفر رو به عهده بگیرین. جنگل رو از طرف شرق گردک وارسی کنین و اگه شد چند اسیر بگیرین. روشن شد؟

بکمان: بله قربان. و بعد ما راه افتادیم و اونجا رو وارسی کردیم و من... من مسئولیت داشتم شب تا صبح درجنگل گردک رو وارسی کنم. چند دفعه تیراندازی شد و وقتی سر پست‌مون برگشتیم، نُه نفرکشته شده بودن. و من مسئول بودم. مسئولیت. همین قربان. حالا جنگ تموم شده. من خسته‌ام. گرسنه‌ام. نه. نه. نه. اصلاً مهم نیست.من فقط می‌خوام بخوابم. می‌خوام یه خواب راحتم داشته باشم. مسئولیت رو به خودتون برگردونم و بخوابم. پس می‌دم به شما. مسئولیت. مسئولیت یه کلمه نیست. یه فرمول شیمی هم نیست. آدم نمی‌تونه بذاره انسانها فقط به خاطر

یه کلمه خشک و خالی بمیرن. خدا جوابگو نیست. مرده‌ها هم جوابگو نیستن. ولی زنده‌ها، اونها جواب می‌خوان. هر شب جواب می‌خوان. وقتی من بیدار هستم اونها می‌آن و جواب می‌خوان. اونها تو تاریکی می‌آن. سرجوخه بکمان، پدر من کجاست؟ برادر من کجاست؟ نامزد من کجاست؟ تا صبح همین‌طور صدا می‌کنن. جناب سرهنگ مسئولیت اینها رو نمی‌خوام. می‌خوام مسئولیت این نُه نفر رو اضافه کنید به اون دو هزار نفر سرباز کشته شده در روسیه که مسئولیت‌شون با شما بود. من می‌خوام آرامش پیدا کنم. من می‌خوام بخوابم. من می‌خوام بیرون پشت در نباشم.
سرهنگ: می‌دونی من از گدا پروری بدم می‌آد. اما بیا این لباس‌های کهنه من رو بپوش. تو دیوانه شدی. مزخرف می‌گی. جنگ تموم شده.

(سرهنگ به داخل خانه می‌رود.)

صدا: در بزن بکمان. در بزن. شاید این در به روی تو باز بشه.
بکمان: چرا خودت رو نشون نمی‌دی. من که می‌دونم تو لحظه شماری می‌کنی که من بمیرم. برم زیر خاک. خودت رو نشون بده مرگ.
صدا: شما آدمها موجودات احمقی هستید. آدم تا آخرین لحظه زندگی می‌کنه. لذت می‌بره.
بکمان: من چیزی ندارم که بخوام ازش لذت ببرم.
صدا: اما من از اینکه یک‌دفعه جونِ شما رو می‌گیرم لذت می‌برم. اون گیجی شما تو لحظات اولیه مرگ. لذت بخشه.

اما از آدمهایی که هی من رو صدا کنن حالم به هم می‌خوره. بکمان در بزن.

(بکمان در می‌زند. مرد یک پا در را باز می‌کند.)

مرد یک پا: بکمان؟
بکمان: من اینجام.
بکمان: من مرتکب هیچ قتلی نشدم.
مرد یک پا: چرا بکمان، ما هر روز به قتل می‌رسیم و هر روز مرتکب قتل می‌شیم. هر روز از کنار یه مقتول رد می‌شیم. و تو منو به قتل رسونده‌ای، بکمان یادت رفته؟ من که سه سال تو سیبری بودم، دیشب می‌خواستم برگردم خونه. یادته بکمان؟ ولی جای من اینجا نبود. اون وقت رفتم تو رودخونه البه. البه سرد بود. الان هم سرده؟ احساس نمی‌کنی؟ من عادت کردم. من مرده‌ام. این اون چیزیه که تو به این زودی فراموش کردی، بکمان. آدم نمی‌تونه قتل رو خیلی زود فراموش کنه. می‌تونه؟ قتل آدم رو رها نمی‌کنه، بکمان. آره من اشتباه کردم. می‌فهمی. نباید برمی‌گشتم خونه. توخونه دیگه جایی برای من نبود بکمان. تو رو سرزنش نمی‌کنم بکمان. ما همه مرتکب قتل می‌شیم. هر روز، هر شب. ولی بیا قربانی‌هامونو خیلی زود فراموش نکنیم. می‌دونم که این خاصیت جنگه. بکش تا کشته نشی. اما بیا بی‌اعتنا از کنار آدمهایی که کشته‌ایم، رد نشیم. آره بکمان. یه روزه که مرده‌ام... تو منو به قتل رسونده‌ای و قتل رو فراموش کردی. نباید فراموش کنی بکمان. من به دست تو کشته شدم.

بکمان: من فراموش نکردم.

مرد یک پا: وقتی قاتل آدم بهت فکر کنه، تو دیگه در آرامش هستی. شبها که تو بیدار هستی و خوابت نمی‌بره، من در آرامش هستم بکمان.

(مرد یک پا می‌رود.)

بکمان: پس من کی آرامش پیدا می‌کنم؟

البه: اون مردی که می‌خواست منو ببینه تویی؟

بکمان: آره.

البه: بگو.

بکمان: من می‌خوام تا ابد اینجا باشم.

البه: توجوونی. برای چی می‌خوای اینجا باشی؟

بکمان: وقتی از آلمان برای جنگ رفتم یه مرد بودم. اسم داشتم. بکمان. زن داشتم. پدر و مادر داشتم. همه چیز داشتم. اسم ناله نبود. اسم رو کسی نمی‌تونست مثل یه شیء صدا بزنه. بکمان، بکمان بود. میز نبود. وقتی داشتم می‌رفتم جنگ، هیچ دری نبود که بخواد بسته باشه. وقتی می‌رفتم جنگ آسمون آبی بود. البه صاف و پاک بود. وقتی داشتم می‌رفتم جنگ آدم بودم. آدم... اما حالا که از جنگ برگشتم... همه می‌گن بکمان. بکمان خرناس می‌کشه. بکمان ناله می‌کنه. بکمان رو دعا می‌کنن. نه، نه بکمان رو نفرین می‌کنن. بکمان قاتله. بکمان خودش به قتل رسیده. اصلاً ما همه قاتل هستیم. نه، نه ما همه مقتول هستیم. ما هر روز مرتکب قتل می‌شیم. ما هر روز به قتل می‌رسیم. اصلاً

ما هیچ‌کدوم نیستیم. این جنگ پست فطرت ما رو از بین برده. ما همه مُردیم. ما از وقتی که از آلمان خارج شدیم و به جنگ رفتیم مُردیم. بکمان دیگه هیچی نیست. من دیگه نمی‌خوام قاتل باشم. من دیگه نمی‌خوام مقتول باشم. من فقط می‌خوام بمیرم. ما باختیم. ما همه زندگی‌مون رو باختیم. فقط این جنگ بود که برنده شد. این جنگ بود که همه چیز ما رو گرفت. من می‌خوام بمیرم.

البه: پس بخواب بکمان. آسوده بخواب. تو هم میونه این همه آدم که از جنگ برگشتن، بخواب. آسوده بمیر.

پایان

نگارخانه

عکاس: محمدرضا صائبی

اجرا در سالن حافظ، بهمن و اسفند ۱۳۹۰

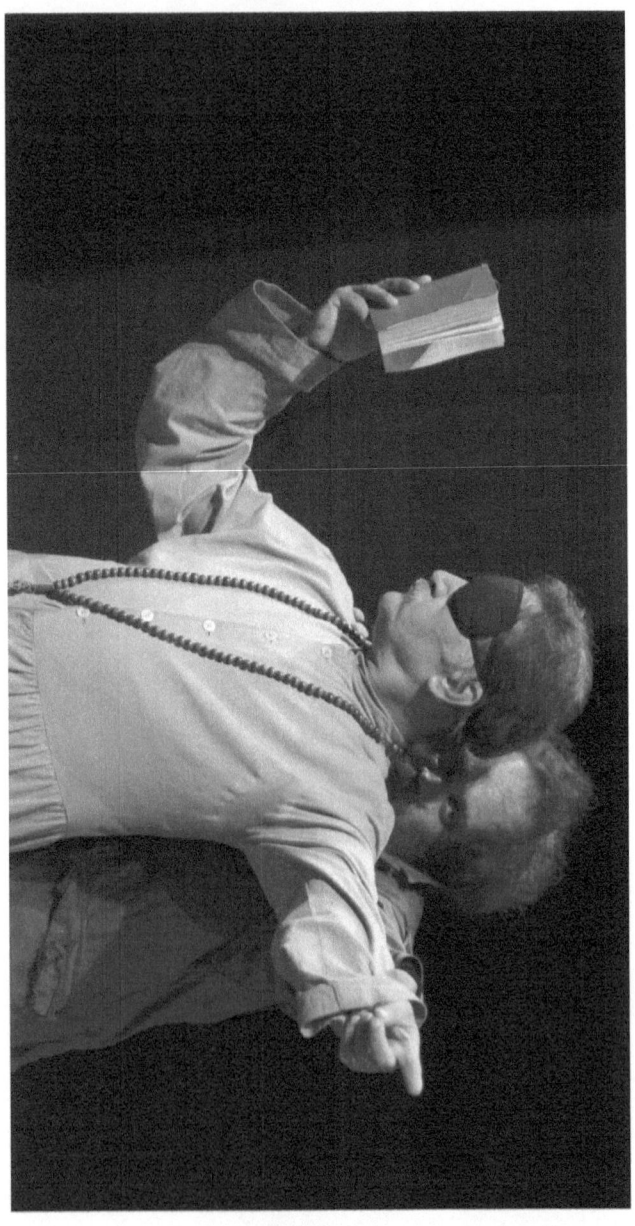

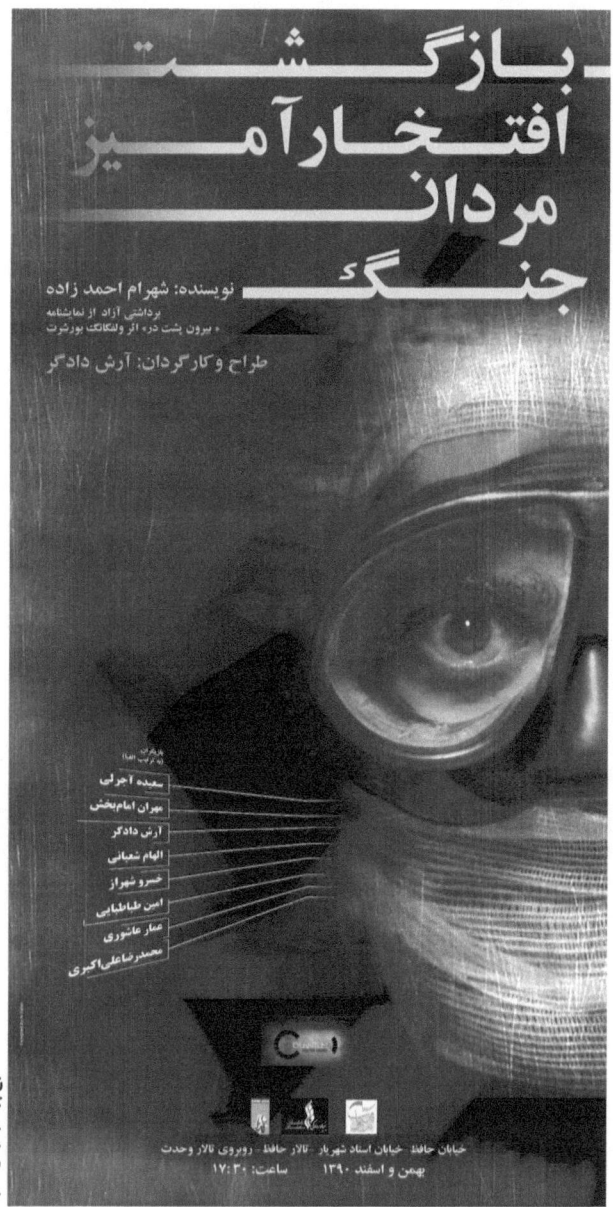

بازگشت
افتخارآمیز
مردان
جنگ
نویسنده: شهرام احمد زاده
برداشتی آزاد از نمایشنامه
«بیرون پشت در» اثر ولفگانگ بورشرت
طراح و کارگردان: آرش دادگر
سعیده آجرلی
مهران امام‌بخش
آرش دادگر
الهام شعبانی
خسرو شهراز
امین طباطبایی
عمار عاشوری
محمدرضا علی‌اکبری
خیابان حافظ - خیابان استاد شهریار - تالار حافظ - روبروی تالار وحدت
بهمن و اسفند ۱۳۹۰
ساعت: ۱۷:۳۰

طراح پوستر: نرگس صفری